MOSAÏQUE D'AUTOME

Translated to French from the English version of

Mosaic Of Autumn

Ajita Sharma

Ukiyoto Publishing

All global publishing rights are held by

Ukiyoto Publishing

Published in 2023

Content Copyright © Ajita Sharma

ISBN 9789360165833

All rights reserved.
No part of this publication may be reproduced, transmitted, or stored in a retrieval system, in any form by any means, electronic, mechanical, photocopying, recording or otherwise, without the prior permission of the publisher.

The moral rights of the author have been asserted.

This is a work of fiction. Names, characters, businesses, places, events, locales, and incidents are either the products of the author's imagination or used in a fictitious manner. Any resemblance to actual persons, living or dead, or actual events is purely coincidental.

This book is sold subject to the condition that it shall not by way of trade or otherwise, be lent, resold, hired out or otherwise circulated, without the publisher's prior consent, in any form of binding or cover other than that in which it is published.

Contenu

Le silence brûlant	1
Petits feux	3
Pour la dernière fois	5
La mort : Une échappatoire	7
Les yeux sans sommeil	8
Le langage silencieux	10
Le soleil, le printemps et vous	12
L'amour	14
Mirage	15
Brûler à jamais	17
L'attente	18
Le chemin au-delà des souvenirs	20
Introspection	22
Mots et liberté	24
Mots non dits	25
Pièces invisibles	26
Prison ouverte	28
Secret partagé	30
Jamais distant	31
Rêves	33
Destiné à être brûlé	35
Perdu dans l'obscurité	37
Les fils du silence	39

Mes tombes	41
Automne prolongé	42
La guerre et le printemps	44
Les retrouvailles	46
Tristesse stagnante	48
Votre absence	50
Notre part de lumière	52
La soif	54
Une simple énigme	55
Le seul trésor	56
Chanson de moi	57
Non lu	59
Nuit brûlante	61
Disparu	63
Le chemin de la mémoire	65
Paradis perturbé	67
Lâcher	69
À propos de l'auteur	*70*

Le silence brûlant

Personne n'a entendu ma voix.
Alors qui entendra mes cris ?
Je pleure en silence dans les nuits sombres.
Et le matin
Collez un sourire fleuri.
me tromper et tromper le monde.
sans regrets et la tête haute.
Les formes réticentes de l'ancien, les yeux étoilés
cacher l'implosion des tourments.
deux cratères vides ont été laissés derrière.
qui saigne de la lave comme un volcan de temps en temps.
Peut-être des fragments de rêves en fusion
luttent encore pour se libérer.
dissimulées dans des larmes brûlantes, elles coulent le long de mes joues.
brûlant comme un magma qui se durcit avant qu'ils ne puissent s'échapper et me libérer.
Des millions de fragments restent piégés.

sont restés ancrés en moi comme des éclats de l'intérieur.

leurs innombrables questions, emprisonnées à jamais.

derrière les barreaux d'un vieux cadavre.

Petits feux

La nuit est passée
Mais rien n'a changé
Je crois que le feu est toujours allumé
Les braises tourbillonnent
Les étincelles s'envolent
et tombent sur ma peau nue
cesser d'exister corporellement
Dès qu'ils touchent ma peau
Sur mes épaules, les petites mouchetures se
transforment en cendres
mais me transmettent leur essence
Alors qu'ils me cherchent une carte.
Je tire la langue
et les étincelles tombent sur ma langue humide
J'avale les petits feux
J'ai la gorge sèche
Comme un million de grains de sable
Abraser mes entrailles
Des milliers de voix en moi, étouffées

Cependant, la faim persiste.

D'un mirage farfelu

Me faire délirer

Une fumée épouvantable s'élève de moi.

Remplir mes narines

Dans un grand chaos.

Pour la dernière fois

Je veux me perdre dans les bois

Là-haut dans les collines

Ce cœur agité qui est le mien

ne me permet pas de rester nulle part un instant

J'ai juste envie de me retirer et de m'effondrer dans la solitude

Je me sens si fatiguée de porter ce poids

C'est une charge qui pèse sur mes épaules.

Mes ailes se sont refermées sur ses griffes.

J'ai juste envie de fermer les yeux et de m'endormir.

Avant de souffler dans la conque

Pour la dernière fois, je veux rêver de mon cauchemar préféré

Les fantômes semblent si familiers

Leurs ongles transpercent ma peau.

J'ai peur de lâcher leurs mains

Mais la périphérie aveuglante des rêves réverbérés

me gêne dans ma vision

Il reflète ma mort

de mille façons

Quelque part dans ce bonheur en décomposition

La mort : Une échappatoire

La mort est une échappatoire

de l'agonie, de la misère et des tourments

La mort est une chanson.

Nous ne pouvons pas nous empêcher d'écouter.

Ce n'est pas une vie que l'on peut déserter.

C'est la mort sans déviation ni sauvetage.

Il s'agit d'une rencontre sans élucidation

La vérité ultime que nous évitons désespérément tout au long de notre vie

Comme il hurle dans le silence des rêves - c'est la vie

Marteler les clous avec diligence

Dans la rêverie béate de l'oubli

L'hypnagogie tranquille

s'étendent sur de plus grandes longueurs

et sans faire de détour, s'étend aux routes

de chaussées en fusion

qui gratte la peau

de notre existence illusoire

et nous exposent de manière amusante à un labyrinthe d'inconnues

Les yeux sans sommeil

Les yeux insomniaques et
La nuit passe.
Quelqu'un est réveillé pour moi.
Quelque part au loin
Le son de ses pas doux résonne
Alors qu'il passe à côté de mon cœur
le rythme de mes battements de cœur se synchronise sur sa démarche
Je garde les fenêtres ouvertes, je nie l'évidence.
L'air humide humidifie mes cheveux.
Les gouttes suspendues dans les boucles
En posant ma tête sur l'oreiller,
La voix de ma mère résonne dans ma tête.
Elle a déclaré un jour
"Les rêves non réalisés deviennent des blessures
ouvertes avec le temps."
Je me demande comment elle a acquis ses mots.
Quelles sont les pensées qui lui ont traversé l'esprit lorsqu'elle a prononcé ces mots ?
Y avait-il de la tristesse dans ces beaux yeux fatigués ?

Son soupir est-il le bruissement d'un vieux désir ?

Ou bien a-t-elle perçu en moi le reflet de ses défauts ?

Mais votre existence ne peut pas être une chimère.

Je n'ai pas couru après un mirage pendant si longtemps, n'est-ce pas ?

Pourquoi ai-je l'impression de graviter dans un abîme ?

Le langage silencieux

Venez, asseyons-nous un moment en silence.

et inventer une langue connue seulement de nous deux.

Quelques mots, non altérés par le son,

et des significations qui échappent au temps.

Les mots qui existent ne satisfont pas.

Écouter au-delà d'eux,

Ne conversons qu'à travers les yeux.

L'amour semblait si facile lorsqu'il était soumis à des limites.

Lentement, il m'a consumé et a atteint le cœur de mon être.

comme je suis imbibé de ta présence.

que je suis incapable de faire la différence entre l'amour et la douleur.

Les mots peuvent-ils rendre compte de l'ampleur de tes répercussions dans mon existence ?

Parlons donc en silence.

Ou alors, il suffit de regarder le ciel.

Jusqu'à l'orbe empyrée de la nuit

Le clair de lune s'attarde sur vos joues.
et la pleine lune se reflétant dans mes yeux.

Le soleil, le printemps et vous

Chaque fois que le soleil s'échappe de mes paumes
J'essaie désespérément de l'attraper.
Mais il continue à m'échapper.
Et je retourne à une soirée mélancolique qui m'attend sur le seuil.
Les perles de l'intimité se brisent
Je m'empresse de les préserver.
Cependant, nos empreintes ne peuvent pas toujours être établies.
Il est difficile de conserver son identité dans un monticule de sable.
Certaines empreintes sont vouées à se perdre avant même d'avoir été laissées.
Peut-être que mes empreintes se sont perdues parmi tant d'autres.
Comment me joindre ?
Sans chemin à suivre, sans direction
Y aura-t-il un jour où vous vous retournerez et partirez pour la dernière fois ?
On ne peut pas attendre indéfiniment le printemps

dans des couloirs sombres.

Emprisonné dans l'obscurité

On ne peut pas écrire des chansons de lumière.

La lumière est synonyme de soleil, de printemps et de vous.

L'amour

L'amour ne meurt jamais.

Il sommeille dans un petit coin du cœur

Se réveille par simple pression

Elle existe silencieusement, comme le parfum de nos respirations.

et est mélangé à l'âme en tant qu'essence

L'amour est hors de la dimension du temps.

Insensible aux intempéries

N'est-ce pas la seule chose éternelle dans ce monde évanescent ?

C'est la lumière dans l'obscurité et l'obscurité dans la lumière.

Le calme dans le chaos

Et la cacophonie dans le silence

C'est un écho qui n'en finit pas de se répercuter.

Et c'est ainsi qu'elle perdurera

Pour l'éternité dans les cœurs

plein d'amour.

Mirage

Ce long voyage n'est-il pas un mirage ?

Une tentative de maintenir un rêve en vie au milieu de l'illusion, tant qu'il dure.

À la recherche d'un océan dans une région sauvage et aride

La futilité ne nous frappe jamais pendant que nous naviguons.

Nos progrès sont contrariés à chaque instant.

Avec des épreuves et des turbulences

Ces épreuves ne sont, en fin de compte, qu'une mise à l'épreuve de la force.

Ces terrains rocailleux devant nous

Ne sont-ils pas simplement une échelle de mesure de notre passion et de notre ferveur ?

pour nous tester tous avant le début de l'élimination.

Il s'agit soit de la parole de l'esprit, soit du cœur.

Qu'est-ce que la vie si ce n'est de désapprendre les leçons apprises ?

Vivre avec autant de personnages chaque jour

tout en se blessant aux mains de l'amour.

Se tourner sans le savoir vers le désordre pour

rechercher la tranquillité.

En fin de compte, tout cela n'est qu'un nuage de poussière.

Brûler à jamais

Je brûle intensément.

Couvant comme des braises

Du feu intérieur

Rêves et désirs qui luttent pour la lumière et les ailes se heurtent aux murs qui les enferment.

Le frottement de cette collision

m'enflamme.
Les cendres fumantes qui remplissent l'air

sont les morceaux brûlés de moi

mourant d'une petite mort aux mains de mes propres rêves
De petites tombes volent autour, enfermant les parties mortes de la mienne.

qui se réincarnent chaque jour pour être brûlées à nouveau.
Ainsi, je brûlerai à jamais, comme c'est le destin d'un

rêveur.
Tout mon corps est carbonisé.

Pourtant, il n'y a pas de cicatrice.

L'attente

Ce long intermède
qui n'a pas de fin et qui existe depuis des temps immémoriaux.
Ce silence qui s'est répandu depuis des siècles,
enveloppé dans les habits de la tristesse.
Il semble que même l'univers attende ce moment.
quand vous ferez demi-tour et reviendrez.
Ces moments vous attendent.
Une brise qui s'infuse
avec vos souvenirs
Il porte les feuilles desséchées de l'arbre que nous avons planté ensemble.
La lumière dorée du soleil filtrant à travers les branches
a dispersé des millions de petites taches sur le chemin, l'illuminant.
Et ils ne reflètent que les moments lumineux où vous étiez présents ici.
Les étoiles pleurent et se transforment chaque nuit en gouttes de rosée.
Ils regardent le chemin avec envie.

Regardez comme le printemps est arrivé et attend.
pour un seul de vos regards.

Le chemin au-delà des souvenirs

Combien de temps les souvenirs restent-ils à l'intérieur de nous ?

Combien de temps peuvent-ils nous enchaîner ?

Combien de temps peuvent-ils nous tenir dans leurs griffes ?

Pouvons-nous vraiment aller de l'avant avec eux comme compagnons ?

N'avons-nous pas peur de les abandonner ?

Notre réticence à lâcher prise ne les nourrit-elle pas ?

et les rend encore plus puissants et vivants.

Mais en fin de compte, ne devrons-nous pas descendre ?

Dans la vallée du présent

Où se trouve un espace ininterrompu,

une route vers un nouveau labyrinthe

sans carte ni guide.

Mais le labyrinthe dont nous sommes sortis n'était pas beaucoup plus familier ?

Nous devons encore lutter jusqu'à ce que nos paumes soient ensanglantées,

N'est-ce pas là le principal motif ?

Acquérir n'est pas la même chose que se voir confier.

Nous devons nous battre contre les réalités pour que cela soit possible.

de rêver, pas seulement à travers des batailles mentales, mais jusqu'à notre mort.

au bout des cauchemars, se trouve le chemin qui mène au soleil.

Introspection

Je descends à l'intérieur de moi pour faire de l'introspection.

et les arbres commencent à s'étendre dans toutes les directions.

dans quelque chose d'insondable et d'inconnu.

Le monde ne peut se limiter à ces frontières.

Qu'y a-t-il au-delà de l'interdit ?

Emprisonné dans ma chambre

Où s'arrêtera cette forêt ?

Quand ce mur de barbelés s'effondrera-t-il ?

J'irai plus loin.

Il y a des murs partout, un nombre infini de murs.

Ils me regardent partout où je vais, sous différents déguisements.

Mais l'exploration qui me conduit à moi-même

doit commencer quelque part.

un certain point qui ne se perd pas au moment où je le poursuis.

Il doit y avoir un rivage pour ce début.

L'océan au bout de cette forêt
Cela me fait peur tous les soirs.

Mots et liberté

Il y a une limite à la tolérance de l'invasion.

En cas d'intrusion totale

et il n'y a plus d'options.

Vous demandez toujours mon silence.

Mais aujourd'hui, je vais ouvrir la bouche.

Que vous compatissiez ou non

Je vais parler, je ne peux plus me taire.

Pourquoi voulez-vous piéger les mots qui se battent pour la liberté ?

Le fait de les attacher met-il fin à leur existence ?

Mais jusqu'à quand ?

Pensez-vous que les mots peuvent mourir en l'absence de reconnaissance ?

Peut-on être certain de la fin ?

Pouvons-nous mettre fin à leurs possibilités de

réincarnation simplement en tournant le dos à leurs voix ?

Et derrière les illusions polluées

Pouvons-nous effacer les reflets dans le miroir qui prononcent ces mots quotidiennement ?

Mots non dits

On dit que les mots ne meurent jamais.

Ils flottent dans l'univers,

Sans tabou et pour toujours

Mais qu'advient-il des mots que nous ne disons jamais ?

ou des non-dits que nous entendons à travers nos yeux. Celles qui sont tout aussi ardentes, voire plus,

mais qui sont condamnées à rester emprisonnées dans nos cœurs.

Où vont-ils ? S'évanouissent-ils dans le néant ?

Est-ce que, comme leurs homologues exprimés, ils continuent à exister pour toujours ?

Ou bien disparaissent-ils dès que nous cessons

d'exister, vous et moi ?

Quelles sont les chances des mots non tangibles dans cette existence sempiternelle qui est la nôtre ?

Peuvent-ils mener leur propre combat pour survivre ? Ou devons-nous faire notre part du combat pour les maintenir en vie d'une manière ou d'une autre, même après notre départ ?

Pièces invisibles

Il est si difficile de protéger nos parties invisibles.

Ce sont les plus vulnérables.

Mais n'est-ce pas nous qui nous divisons en plusieurs fragments ?

La partie de moi que je t'ai donnée un soir d'or

ne m'a jamais été rendu

même après votre départ.

Chaque jour, je le regarde avec envie,

Dans le miroir brisé qui reflétait autrefois mon sourire

Mais maintenant, elle montre mon sourire en

morceaux.

Peut-être qu'un jour, cette partie errante de moi me retrouvera.

Même s'il est blessé,

Rassembler les forces restantes.

et de remonter jusqu'à moi.

Mais je le crains autant que j'aspire à son retour,

Et la façon dont il doit s'agiter pour essayer de revenir

Et si, lorsque nous nous unirons enfin un jour

Et se regarder les uns les autres,

Blessés et vaincus
mais n'ont pas pu se reconnaître.

Prison ouverte

Après tout, la vie est comme une prison à ciel ouvert.
entouré de murs invisibles dans toutes les directions.
Nous possédons des ailes qui ne sont pas autorisées à flotter.
comme un ornement, un fardeau supplémentaire.
Le désir d'envol se perd quelque part dans notre oubli.
Nous sommes enfermés dans une ignorance confortable.
sans se soucier de notre enfermement et de notre
ignorant le moment de la libération de cette captivité.
Désorientés, nous nous trouvons entre la liberté et l'incarcération.
Le jour où nous discernerons notre existence au sein de ces barreaux
Ils commencent à s'affaiblir.
Car la prise de conscience de l'emprisonnement est le début de la liberté,
Pour briser les murs, il faut d'abord les voir.
pour que nos espoirs s'envolent et voient l'horizon
Ceux qui se libèrent sont qualifiés de fous.

La plupart d'entre nous ont peur de vivre au-delà des barreaux.

Ceux qui ne veulent pas se libérer même après la

libération

Nous commençons notre vie dans cette prison, mais si nous nous éteignons dans le lieu sans lutter,

il s'agira d'une futilité ultime.

Se sentir vivant et vivre vraiment,

Nous devrons un jour nous libérer de ces murs.

Secret partagé

Promenons-nous dans le vent ce soir.

Prenez quelques instants.

et rencontrer tout ce que nous portons en nous.

Nous nous débarrassons des problèmes et nous nous soulageons d'un certain poids.

Mettons en avant toutes nos douleurs.

celles que nous avons gardées cachées.

Dépoussiérez les mots non prononcés.

Permettez-leur de tendre la main et de parler au nom des oubliés.

Découvrez de vieilles peurs.

Découvrons l'ampleur de la frayeur que nous pouvons supporter.

J'ai versé quelques larmes silencieuses.

Personne ne le saura donc.

Que nous pleurions

Ne les laissez pas se répandre.

Il suffit de les placer dans le giron du vent

et qu'il les emporte tous

comme un secret partagé.

Jamais distant

Les gains et les pertes sont recherchés dans les affaires.
Mais n'est-ce pas aimer que de s'effacer en silence au milieu du chaos ?

Alors pourquoi devrions-nous débattre de ce que tu m'as pris

et des moments que j'ai perdus.

Les blessures de vos souvenirs ne se tarissent jamais.
Ils commencent à saigner sans qu'on les touche.
La rivière dans laquelle tu m'as poussé n'était pas assez profonde.
Mais comment aurais-je pu ne pas me noyer alors que j'étais submergé par l'amour ?

Ne parlons donc pas de la douleur que j'ai ressentie et des larmes que j'ai versées.

Tu as toujours été là pour moi, comme une ombre.
Si tu étais tangible, j'aurais pu te toucher.

Mais tu n'étais qu'une pensée, une illusion.

La route que j'ai tracée jusqu'au cœur de mon cœur était droite.
Mais d'une manière ou d'une autre, vous vous êtes perdus à plusieurs reprises.

Il y a tellement de distance entre nous maintenant,

et pourtant je ne ressens pas la séparation.

Mais parfois, je me demande

si j'ai gagné la personne que je suis aujourd'hui ou si j'ai perdu celle que j'étais.

Rêves

Les rêves perdent de leur importance.

Dès qu'ils sont remplis

les non satisfaits ; ils nous tiennent en haleine.

Quelque chose qui manque dans la vie nous pousse à continuer et à chercher plus.

Le voyage en vaut la peine.

Insouciants sont ceux qui ont tout réussi.

Il est important pour un homme de continuer à

voyager.

même si nous sommes loin de notre destination ou si nous n'avons pas de destination du tout.

car les chemins sont toujours avec nous.

Il n'est pas facile de naviguer dans les méandres de la vie.

Ceux qui traverseront ce désert

Ce sont eux qui ont emballé le nécessaire

pour lutter contre la soif distrayante et la stérilité.

Les fleurs s'épanouissent sur tous les arbres au

printemps.

Mais celles qui fleurissent en automne sont les plus spéciales.

Destiné à être brûlé

Des flammes dansent devant moi.

ils ont averti de consommer les choses qu'ils ont touchées

avec la promesse de les réduire en poussière.

Lentement et douloureusement, il m'a dévoré.

Avec beaucoup de zèle, il a carbonisé ma chair.

Mes cris se sont transformés en fumée, s'élevant et se dispersant dans le vide.

J'ai brûlé comme une forêt, férocement et

complètement.

J'ai souffert seul, réduit à l'état de braise.

Mon sang s'est lentement mis à fondre

et j'ai vu tout le monde s'enfuir lorsque mon monde s'est enflammé.

Alors que ma chair brûlait et tombait

Les cicatrices cicatrisées ont disparu.

et déterré celles qui n'ont jamais cicatrisé.

J'ai saigné, saigné, mais j'ai refusé de me laisser vaincre par ma propre angoisse.

Après une longue période de combustion, il est arrivé un moment.

Quand ça ne faisait pas mal du tout

Les flammes ne sont rien d'autre qu'une couverture de confort.

J'ai levé les mains et j'ai regardé la peau noircie.

Les cicatrices laissées par les autres ne sont plus visibles.

Il ne reste que des gravures de scènes de combat,

comme si elles avaient été gravées sur la paroi dure d'une grotte.

J'ai expiré une longue bouffée de fumée.

et enleva les cendres qui me recouvraient.

J'ai balayé les résidus de mes restes.

Je suis restée là, mélangée à l'obscurité.

marchant doucement sur les cendres vulnérables, j'ai tout laissé derrière moi.

Tout ce qui était destiné à être brûlé.

Perdu dans l'obscurité

L'entrée de votre cœur est obscure et brumeuse.

et le chemin qui y mène est un labyrinthe.

seul dans cette pérégrination

Je suis en orbite autour des montagnes à la recherche d'une voie à suivre.

Mais je suis un vagabond.

avec, dans mon cœur, la nostalgie d'un foyer.

Je lutte contre une envie irrésistible de m'enfuir.

et écouter les rythmes nostalgiques qui m'ont suivi jusqu'ici.

L'écho fugace des moments où tu étais avec moi

flotte autour de moi comme des promesses sur un nuage.

Une bruine de larmes de gouttes de pluie

Trempe-moi dans la soif de tes aperçus.

Cela m'emplit d'une douleur et d'un sentiment de réalisation.

du vide frissonnant que tu as laissé derrière toi.

La constance de ma démarche vers une destination vague

comme s'il s'agissait d'un tunnel ambigu
ignorant votre présence à l'autre bout du fil.

Les fils du silence

J'ai tissé du bruit avec des fils de silence
Cueillir des lucioles une à une et sculpter un soleil
Les couleurs dorées étaient suffisamment vives
de dissimuler ma douleur derrière une tenue étincelante
J'ai brûlé tous les ponts derrière moi
et a utilisé le feu pour éclairer le chemin.
La nuit de la séparation, j'ai choisi le chemin du carnaval.
Ma paix n'a pas suffi à régler les choses
J'ai donc peint la rébellion avec les couleurs de mon sang
Les gouttes qui tombent et touchent le sol
s'est transformée en vapeur qui s'est élevée et s'est répandue
Elle a suscité un tumulte de questions qui n'ont jamais été posées
ceux qui ne se sont pas bouchés les oreilles
ont dansé sur la musique qui a fait vibrer le bouleversement

Ils ont sauté dans la tourmente pour sonder et dévoiler et j'ai commencé à démêler et à tisser là où je m'étais arrêté.

Mes tombes

Les tombes que je laisse derrière moi sont les miennes.

Une partie de moi est enterrée vivante dans chacun d'eux.

Leurs yeux immobiles me fixent à chaque fois

Je me promène sur le sentier de la désolation

Le long des tombes qui portent mon nom,

Ils m'interrogent avec des énigmes

que je ne peux pas déchiffrer.

pour trouver les réponses à ces questions

ressemble à une promenade dans un labyrinthe.

avec des élégies perchées sur des branches dénudées,
attendant que quelque chose se passe

Le silence sépulcral et tentaculaire semble si

assourdissant.

comme un rituel qui a été initié et n'a jamais pris fin.

S'agit-il de mes pièces qui reposent dans la tourmente ?

Ou suis-je une pièce laissée derrière moi, attendant d'être enterrée ?

Automne prolongé

Dans cet abîme de temps
où j'existe, vivant d'un rêve.
Il semble que l'automne soit resté ici pour toujours.
Il a oublié de partir.
Tout s'est arrêté.
perdue dans un repos prolongé
sans être touchée ni affectée par quoi que ce soit.
Il attend un répit.
Ou pour une possible rédemption d'une culmination suspendue.
Peut-être qu'un jour vous reviendrez dans ce vide.
Et dans un soupir, tout ressuscitera.
Dans quelle mesure vos pensées sont-elles incongrues au milieu de cette dormance ?
Ils ne s'arrêtent jamais et ne font pas de pause.
Ils vivent en perpétuel mouvement.
Je ramasse les feuilles sèches tous les jours.
Pour t'écrire une lettre comme je te l'ai promis un jour
Mais une pensée persiste dans l'ombre.

Avec un rêve chimérique dans mon cœur,

Ne suis-je pas en train de collectionner les couleurs de la décomposition ?

La guerre et le printemps

Les grandes guerres ne sont jamais menées seules.

Combien de temps pouvons-nous rester engagés dans la sciamachie ?

Le but de notre âme peut-il être de se perdre dans une telle futilité ?

Peut-on vraiment espérer un changement sans changer la direction de nos yeux ?

Aucune raison personnelle ne peut être suffisamment importante pour modifier une date.

Porter sa propre croix

affaiblit le combat.

et rend notre destination difficile.

Il est inutile d'attendre la lumière dans une pièce

obscure.

pour quelle raison ? et jusqu'à quand ?

Un homme emprisonné dans un désert

L'attente du printemps devient un fantasme

insaisissable.

Le chemin, c'est le chemin de la rébellion volontaire.

Contre ces mains qui ont emprisonné la lumière

et le printemps finira par arriver

mais seulement pour ceux qui ne seront pas dans leur oasis illusoire au milieu de la sécheresse.

plutôt pour ceux qui seront sur les routes, les bras ensanglantés et les souvenirs de la révolte.

Ils choisiront entre les carrefours.

Avec leurs yeux perçants et leurs mains puissantes,

ceux qui choisissent de se taire maintenant

ne verront jamais l'arrivée du printemps.

Les retrouvailles

Notre entité n'est qu'un nuage de poussière.

une anomalie dans le mouvement perpétuel

Le temps est limité pour notre performance.

avant la déclaration finale du verdict.

Le vent ne viendra-t-il pas un jour disperser notre existence ?

Rien ne subsistera.

à l'exception de quelques déceptions et d'un peu de ressentiment.

Une poignée de cendres

les vestiges de désirs énigmatiques que nous n'avons pas réussi à éluder.

Les rêves et la vie ne sont jamais les mêmes.

Mais sont-ils très différents ?

Nous sommes conscients du caractère éphémère de l'un tout en étant inconscients de l'autre.

Notre existence est une question difficile.

Quel est l'intérêt d'un discours ou d'un chant ?

lorsque la réponse ultime est le silence.

Tout laisser derrière soi

Nous nous disperserons dans l'univers.
Mais ne s'agit-il pas d'une simple réunion ?

Tristesse stagnante

La tristesse reviendra sur le pas de ma porte.

Il se répandra si je le permets.

Elle s'infiltrerait encore si je l'ignorais.

par les fenêtres et les fissures.

Années écoulées

et j'ai continué à changer de nid.

Mais il me trouve à chaque fois.

comme un amant implacable

J'essaie de l'éviter, mais il réussit toujours à me rattraper.

Des moments étranges où les braises ont perdu leur chaleur

mais un cœur infatigable n'abandonne pas.

Mes paroles ne me satisfont pas.

Quoi que je pense, ils ne l'expriment pas.

Je souhaite chanter dans une langue qui n'est pas la mienne.

Si vous pouviez écouter

Tout n'irait pas bien ?

Parfois, j'aime à penser

Que j'avais accidentellement hérité du chagrin de quelqu'un d'autre.

certainement le bonheur de ma part

est bloqué au détour d'une route.

Il doit encore m'attendre, seul et terrifié.

Votre absence

Votre absence a en quelque sorte renforcé votre présence.

Tu es plus puissant dans ce vide que tu as laissé derrière toi.

Dès votre départ

Vous êtes devenu omniprésent.

Le miroir qui était intact avant

Depuis qu'il s'est brisé, il est devenu innombrable.

Chaque petit morceau est un éclat perçant

mais un souvenir étincelant de mon trésor.

Votre existence s'est répandue comme l'ombre et la lumière dans les moindres recoins.

les mots que tu m'as murmurés à l'oreille un jour

Ils s'élèvent autour de mon silence solitaire et sont désormais omniprésents.

quelque chose qui était dans les limites de mon cœur

s'est maintenant étendue au reste de mon corps.

Il devient de plus en plus difficile de se retrouver soi-même.

L'amour, qui n'était qu'une ivresse,

a atteint le maximum de son intensité et m'anéantit lentement.

Notre part de lumière

La mort est un rêve.

sans portes de sortie

inconscients derrière nos masques.

Nous entrons dans cette transe sans fin.

tout en continuant à croire aux perceptions déformées que nous avions

dans le passage de la sorcellerie, où aucune incantation n'était nécessaire.

Ce n'était qu'un chemin qui nous menait à cette

quiétude infinie.

Du voyage éphémère où tout ce que nous portons et tous ceux que nous rencontrons ne sont que des fantômes.

au chemin ténébreux qui s'ouvre devant nous, qui

éclaircit nos visions floues

Nous marchons avec des distractions trompeuses.

avec rien d'autre que l'obscurité pour inspirer et expirer

Engloutis dans cette obscurité, nous comprenons.

Notre lumière a été dispersée et peut être trouvée

quelque part dans ce monde obscur.

Avancer jusqu'à la chaleur de l'au-delà est le seul choix possible.

Continuer à marcher jusqu'à ce que nous trouvions notre part de lumière.

La soif

J'existe

mais que je sois vivant ou non.

Je ne peux pas en décider.

et je ne trouve aucun moyen de connaître la réponse à cette simple question.

Si je suis encore en vie, alors

Pourquoi ma douleur est-elle devenue insignifiante ?

et mes larmes se sont réduites à des vapeurs ?

On dit qu'il y a de l'eau dans les trois quarts de la terre.

Alors pourquoi n'y a-t-il que de la soif dans mon cas ?

au bord de ce fleuve profond qui coule

perpétuellement.

Je dois traverser un tunnel de feu qui mène à ma destination.

le découvrira à l'autre bout

Me suis-je transformé en or ou en braise ?

Une simple énigme

Je veux venir à toi
comme une simple énigme
celui que vous pouvez résoudre facilement
celui qui vous fait sourire de votre petite victoire.
Je veux parler de cette manière, avec ces gestes.
qui présentera ces désirs complexes en toute simplicité
et non comme des obstacles à mes révélations.
Je veux que mes pensées s'étalent devant vous dans une vulnérabilité nue.
Quel est l'intérêt de ce château complexe que j'ai construit avec mes mots ?
Si les murs ne respirent pas votre parfum tous les jours
Ne vont-ils pas s'effondrer en un monticule de poussière ?
Cela diminue la portée de mes paroles.
S'il interrompt la transmission de mon désir pour toi ?
Les mots eux-mêmes n'aspirent-ils pas à être compris ?
S'ils périssent avant d'atteindre la destination prévue
ne devrais-je pas plutôt laisser parler mon silence ?

Le seul trésor

Les crochets de ma chambre
ne sont pas vides
De nombreux souvenirs y sont accrochés
Parfois, en pleine nuit,
Avec la solitude pour seule compagne
Je m'enveloppe dans la chaleur de ces souvenirs
et ma chambre, endormie dans le ventre de la quiétude,
se remplit soudain d'échos chaotiques.
Les aperçus du passé flottent autour de moi comme une rivière.
les visages qui ont disparu mais qui ne sont pas oubliés
Nager en direct devant moi
À l'abri de l'invasion du temps
Ils ne m'abandonnent jamais
et m'entourent souvent comme de vieux amis
Quand je suis seule, je me noie souvent dans ces souvenirs
Ils sont le seul trésor qui m'appartienne.

Chanson de moi

Vous n'êtes plus dans mes chansons.

L'air est perdu quelque part.

et je ne peux plus entendre la musique.

Ni dans mes pensées, ni dans les couloirs de mes rêves, tu ne passes

Seules quelques larmes insignifiantes coulent parfois.

comme le résidu d'un vieux désespoir.

laissant les ombres s'attarder dans les recoins de mes yeux.

Chaque moment vécu avec toi s'évanouit dans l'obscurité à chaque minute qui passe.

Il ne fait plus mal.

Ou peut-être que je ne ressens plus cette douleur.

Il n'y a pas de mots pour le dire

A l'exception de quelques cris de douleur

qui n'existent qu'à titre d'allusion dans cet abîme silencieux.

Que reste-t-il à briser ?

dans cette mosaïque de douleur

Vous êtes un souvenir oublié.

qui restera à jamais perchée sur mes épaules

Je sais qu'il déploiera ses ailes tantôt sous la pluie, tantôt au soleil.

mais je ne serai plus l'ombre de ce souvenir.

Non lu

Je n'écris que pour lui.

Toujours.

Celui qui n'a jamais essayé de me lire

J'étais au-delà de la couverture auréolaire.

et bien plus que la boucle fleurie.

les pages déchirées, où il m'aurait trouvée vraiment dénudée.

mais ils ont attendu et désiré son contact en vain.

Ma vulnérabilité a été enfermée par l'obstination

quelque part au milieu.

qui attendaient en vain d'être découverts grâce à son assiduité.

Il y a des pages que j'ai volontairement laissées vierges pour qu'il les remplisse.

Mais cette voie est restée inexplorée et introuvable.

Il s'agissait d'une steppe qui ne menait nulle part,

S'il avait emprunté cette voie, il aurait trouvé des

millions de fleurs pressées.

au milieu des passages isolés

qui ont été écrites
chaque fois que j'ai pris son nom.

Nuit brûlante

La nuit tranquille au clair de lune
a fusionné avec mon souffle.
Alors que la nuit humide continue de couver,
Quelqu'un est parti à ma recherche ce soir.
La lune est le seul témoin de mon attente et de ma solitude.
Dans ce clair de lune, j'ai tissé tant de photos de lui.
Son odeur se mêle à l'air sulfureux.
qui a apporté le message de son arrivée prochaine
Peut-être a-t-il murmuré quelque chose pour moi.
Le vent s'est soudain mis à résonner comme une musique.
Mon agitation semble être une contradiction au milieu de cette ataraxie.
Des morceaux de moi-même s'éloignent de moi.
et sont attirés par lui.
chaque parcelle de la mienne à la poursuite de sa recherche.
solliciter sa présence pour mettre fin à cette séparation.

une impatience inexplicable comme guide
Ils s'éloignent pour se rejoindre quelque part au milieu.

Disparu

La vie n'est pas perdue.

Mais qu'est-ce qui manque ?

Quelque chose est resté inachevé sur le point d'être consommé.

toujours à la dérive, à la recherche d'un aboutissement.

La lueur d'espoir qui s'est perdue quelque part dans l'obscurité

reste toujours aussi évasif à mon égard.

Mais parfois, il semble

Le matin m'attend à l'autre bout.

Un rêve attend mon contact.

Mais comme le chemin à parcourir semble flou au milieu de ces enchevêtrements !

Un labyrinthe de barbelés nous sépare.

et vous devez venir marcher dessus.

Pourras-tu le traverser et venir à moi ?

N'entends-tu pas les échos de ma voix qui t'appelle chaque nuit ?

Et je continuerai à te chuchoter.

pour nous rappeler qu'il y a quelqu'un.

Nous vous attendons.

Quelqu'un brûle de votre présence.

Ne traverserez-vous pas encore cette immensité effrayante ?

Le chemin de la mémoire

Et si le chemin des souvenirs était un vrai chemin ?
Et nous aurions pu nous promener à certains moments.
Serons-nous satisfaits de ce que nous trouverons ?
ou d'être déçus par notre propre situation.
Je sais que je te trouverai là, au milieu des fleurs sauvages.
Voulez-vous venir me tenir la main ?
J'ai peur de marcher seul sur ce chemin solitaire.
hanté par les fantômes de mon passé.
Je sais que je serai plus fort en ta présence.
et ne craindra pas les spectres des questions qui subsistent.
Tiens-moi près de toi pendant que nous avançons,
pour revivre les souvenirs que nous avons partagés.
pour rencontrer ceux que nous avons perdus ensemble.
Et de nous chérir comme nous l'avons été,
Comme ce sera bizarre

Lorsque les moments, qu'ils soient aigres, doux ou amers,

aura un goût ambrosien et nous laissera comblés.

Il y aura des moments qui pourraient nous blesser à nouveau.

Il continue à me tenir la main et marche jusqu'au bout du couloir.

jusqu'à l'heure du départ à l'aube.

Peut-être choisirons-nous ensemble un souvenir.

à tenir dans nos mains un jour,

et de le laisser s'imprégner de nos larmes.

Quand je serai parti un jour

et vous vous retrouvez à faire la marche seul.

Quand tu trouveras mon nom écrit quelque part

Pour une fois, dites-le à haute voix.

Le temps qui s'est écoulé reviendra soudainement.

et vous me trouverez heureuse d'exister quelque part sur ce chemin de la mémoire.

Je vivrai là pour toujours, te serrant dans mes bras.

immortel dans la mémoire et insensible à la dégradation.

Trouvez un peu de temps et rejoignez-moi là-bas.

Paradis perturbé

Ce soir, la rivière, sous ma fenêtre, est si agitée.

La rue de la lune tremble à sa surface.

la route solitaire vers le luminaire solitaire, qui se désagrège.

Cette nuit, le petit paradis reste perturbé et insaisissable.

Des millions de pièces d'or brisées s'étalent sur sa surface autrement placide.

Pourquoi cette rivière me semble-t-elle être un miroir ?

Il semble transporter les fragments de lumière vers une destination inconnue.

un monde intact tranquillement en mouvement.

Ignescent à mon contact, il voile les turbulences sous ses vagues.

dévoile son énigme pour ceux qui n'ont pas peur de se noyer dans les profondeurs.

L'éclat de cette rivière au crépuscule est si apaisant

le sanctuaire du repos, à l'abri du temps et de la poussière.

Mais en cette nuit isolée,

Il suscite l'ébullition cachée.

Pourquoi les vagues en éruption ressemblent-elles à des cris silencieux ?

Lâcher

Pourquoi erres-tu encore dans mes souvenirs ?

Nos chemins et nos destinations ont divergé.

Alors pourquoi regardez-vous toujours en arrière ?

Qu'est-ce que vous n'arrivez pas à lâcher ?

N'est-ce pas le destin du sable d'être dispersé par le vent ?

Alors pourquoi tenez-vous absolument à transformer ce sable en un paradis impérissable ?

Notre destin est de nous perdre dans les souvenirs de quelqu'un.

Alors, pourquoi continuez-vous à vous accrocher à l'évanescence ?

et rêvent de trouver un équilibre.

Il est difficile de garder la lampe allumée dans ce blizzard.

Alors pourquoi vous brûler pour garder la lumière ?

Au seuil d'un insomniaque nomade

Vous êtes debout avec le rêve d'un nid.

ignorant que la lumière que vous portez n'est pas suffisante pour chasser les ténèbres qui dorment dans tous les coins d'ici.

À propos de l'auteur

Ajita Sharma est une auteure et poète originaire de l'Inde. Son travail a été publié dans diverses publications en ligne et anthologies. Grande lectrice, elle a commencé à tisser des histoires dès son plus jeune âge et nourrit un profond intérêt pour l'art, la littérature et la photographie.

www.ingramcontent.com/pod-product-compliance
Lightning Source LLC
LaVergne TN
LVHW041545070526
838199LV00046B/1831